# LES ENQUÊTES DES PETITS GÉNIES !

## MENACE DANS L'ESPACE

Du CM1 au CM2

BÉATRIX



LAROUSSE

Direction de la publication : Carine Girac-Marinier
Direction éditoriale : Julie Pelpel-Moulian
Édition : Célia Reynaud
Direction artistique : Uli Meindl
Mise en pages : SKGD-Création
Fabrication : Axelle Hosten
Relecture : Nathalie Coët

L'Éditeur remercie Marine Vimont pour son aide précieuse.

Activités des pages 105, 108-109, 113 : Aurore Meyer
Illustrations : © shutterstock.com



ISBN : 978-2-03-601898-3

# AVANT-PROPOS

Dans ce livre, tu auras 5 enquêtes à résoudre sur le thème de l'espace. Pour chaque étape, il te faudra découvrir les indices dans les histoires et trouver les solutions des questions en mathématiques, en français et en sciences. Observe bien les pages, fais attention à tous les indices et tu résoudras toutes les enquêtes !
À la fin de chaque enquête, une page « Affaire classée » te permettra de récapituler les suspects éliminés au fil de ton enquête et de trouver le coupable !
Entre chaque enquête, des « mini-enquêtes » testent ton esprit de logique et tes connaissances.
Pour éloigner les doutes ou pour un coup de pouce, n'hésite pas à utiliser les solutions à la fin du cahier.

# SOMMAIRE

ENQUÊTE 1 - DISPARITION SUR BLUE MOON P. 6

MINI-ENQUÊTE 1 - DIRECTION LA LUNE P. 14

ENQUÊTE 2 - PANIQUE CHEZ LES EXTRATERRESTRES P. 16

MINI-ENQUÊTE 2 - À LA VITESSE DE LA LUMIÈRE P. 24

ENQUÊTE 3 - LA PLANÈTE MYSTÈRE P. 26

MINI-ENQUÊTE 3 - LE SYSTÈME SOLAIRE P. 36

ENQUÊTE 4 - LA CHASSE AUX ÉTOILES P. 38

MINI-ENQUÊTE 4 - CAP SUR LES ÉTOILES ! P. 48

ENQUÊTE 5 - CHAOS SUR SPACE RIDER P. 50

MINI-ENQUÊTE 5 - À LA CONQUÊTE DE L'ESPACE P. 60

SOLUTIONS ........ P. 62

# Sommaire par compétence

## Mathématiques


Les solides ........ p. 8
Les angles ........ p. 10
Les périmètres ........ p. 11
La multiplication de nombres entiers ........ p. 19
Les millions ........ p. 21
La symétrie axiale ........ p. 22
Les calculs avec des nombres décimaux ........ p. 29
Associer des formes géométriques ........ p. 30
Les multiples de 2 ........ p. 31
Les triangles ........ p. 33
Les multiplications et les divisions ........ p. 34, 52
Les nombres décimaux ........ p. 40
Retrouver une suite ........ p. 41
Carré magique ........ p. 44
Logique ........ p. 54
Placer les coordonnées d'un point ........ p. 55
Les fractions ........ p. 57


## Français


Les phrases simples et complexes ........ p. 9
L'ordre alphabétique ........ p. 12
Les anagrammes ........ p. 18
Conjugaison ........ p. 20, 32
Les antonymes ........ p. 28
Vocabulaire ........ p. 42
Le féminin des noms ........ p. 43
Culture littéraire et générale ........ p. 45, 56
Les synonymes ........ p. 58

ENQUÊTE N° 1

# DISPARITION SUR BLUE MOON

Nous sommes en 2041. Tu as été choisi pour partir sur la Lune, et plus exactement sur la base lunaire Blue Moon. Tu es chargé d'éclaircir un terrible mystère : les deux grands chercheurs Mila Galiléo et Jules Rocket, envoyés sur la Lune pour en étudier la biologie, ont soudainement disparu.

Seras-tu suffisamment perspicace pour lever le mystère qui plane autour de la disparition des chercheurs de Blue Moon ?

SI TU ACCEPTES DE RELEVER CE DÉFI, SUIS LES INDICES ET RÉSOUS LES ÉNIGMES QUI TE SERONT PROPOSÉES AU FIL DE TON ENQUÊTE.

# PLAN DE LA BASE BLUE MOON

Ton alunissage s'est bien passé. Te voici à bord de la base lunaire Blue Moon, où un inquiétant silence règne. La vie des chercheurs est peut-être en danger ; tu ne perds pas un instant et te mets aussitôt à la recherche d'un indice. En posant ton engin spatial, tu n'as rien noté d'anormal. Et si les chercheurs étaient tout simplement coincés à l'intérieur de la base ? En regardant autour de toi, sur l'un des murs du corridor d'entrée, tu découvres le plan de ses différentes salles.

## VOICI LES DIFFÉRENTES PARTIES DE BLUE MOON :

1. LA SALLE D'OBSERVATION
2. LE SAS DE SORTIE
3. LA SALLE DE VIE
4. LE LABORATOIRE
5. LA SALLE DES MACHINES
6. LA SALLE DE STOCKAGE

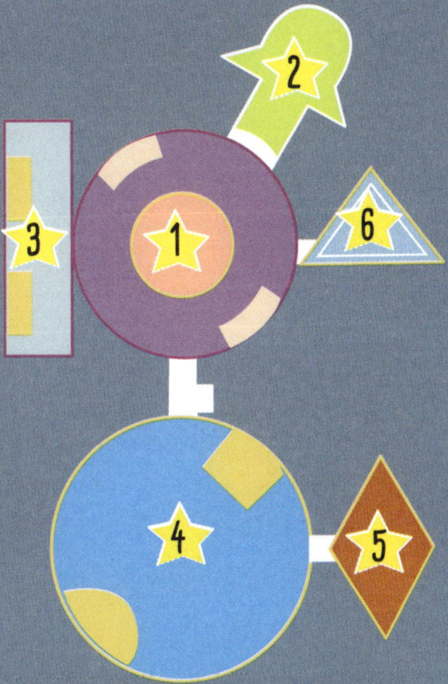

## 1 DISPARITION SUR BLUE MOON

Maintenant que tu as le plan de la station en tête, tu décides de procéder par élimination.

**LIS LES INFORMATIONS CI-DESSOUS PUIS OBSERVE LES FORMES DES DIFFÉRENTES SALLES DESSINÉES SUR LE PLAN DE LA PAGE 7. LES CHERCHEURS NE SONT PAS DANS LA SALLE MANQUANTE.**

✦ Mes côtés opposés sont parallèles et j'ai 4 angles droits. Je suis la salle n° ___ .

✦ Je ressemble à une face de pyramide. Je suis la salle n° ___ .

✦ Je ne suis ni un polygone ni un cercle. Je suis la salle n° ___ .

✦ Mon diamètre fait le double de mon rayon et je communique avec la salle de stockage. Je suis la salle n° ___ .

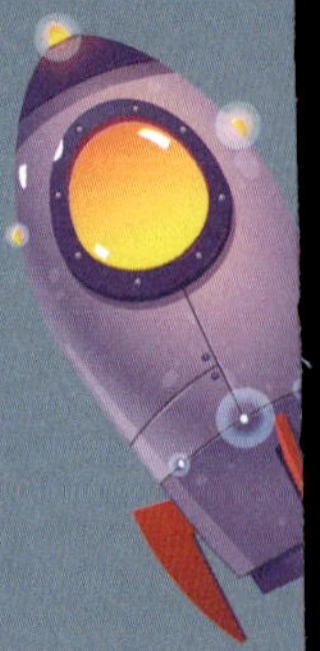

✦ Mes diagonales se coupent en leur milieu et sont perpendiculaires. Je suis la salle n° ___ .

**LES CHERCHEURS NE SE TROUVENT PAS DANS LA SALLE N° ___ .**

# 2 DISPARITION SUR BLUE MOON

Une des salles est écartée de la liste. Continue ta réflexion !

**LIS LES PHRASES CI-DESSOUS. BARRE TOUTES LES PHRASES SIMPLES ; L'UNIQUE PHRASE COMPLEXE T'INDIQUERA UNE SALLE OÙ NI JULES ROCKET NI MILA GALILÉO NE SE TROUVENT.**

**A** Les chercheurs dorment dans la salle de vie.

**B** Dans la salle des machines, une porte coulisse pour laisser les vaisseaux entrer et sortir.

**C** Pour marcher sur la Lune, les astronautes passent par le sas de sortie, habillés d'une combinaison qui les protègent de la chaleur et du froid.

**D** Toutes les provisions (eau, oxygène, aliments, matériaux) sont rangées dans la salle de stockage.

**E** Dans la salle d'observation, il y a un magnifique dôme et des écrans géants.

**F** Les microscopes du laboratoire servent à étudier la roche lunaire.

LES CHERCHEURS NE SE TROUVENT PAS DANS LA SALLE N° ____ .

ENQUÊTE 1

3

# DISPARITION SUR BLUE MOON

Encore une salle en moins ! Continue sur ta lancée. Sur le plan, les salles ont des formes géométriques avec des angles différents. Et si c'était un indice ?

COLORIE EN ROUGE TOUS LES ANGLES DROITS, EN VERT TOUS LES ANGLES OBTUS ET EN BLEU LES ANGLES AIGUS. LES CHERCHEURS NE SONT PAS DANS LA SALLE QUI A AUTANT D'ANGLES AIGUS QUE D'ANGLES OBTUS.

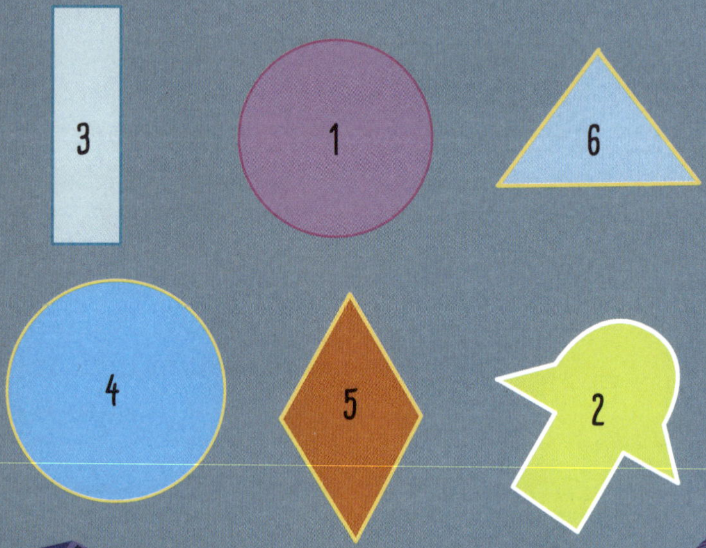


LES CHERCHEURS NE SE TROUVENT PAS DANS LA SALLE N° ____.

# 4 DISPARITION SUR BLUE MOON

Bravo, tu avances bien ! Il ne reste plus que 3 salles sur ta liste de lieux suspects !

**CALCULE LE PÉRIMÈTRE DE CHAQUE SALLE.**
**CELLE QUI A LE PLUS GRAND PÉRIMÈTRE EST VIDE.**

**RAPPEL DES FORMULES :**

**RECTANGLE** : (L + l) × 2 — **LOSANGE** : c × 4

**CERCLE** : 2 × π × R — **TRIANGLE** : c + c + c

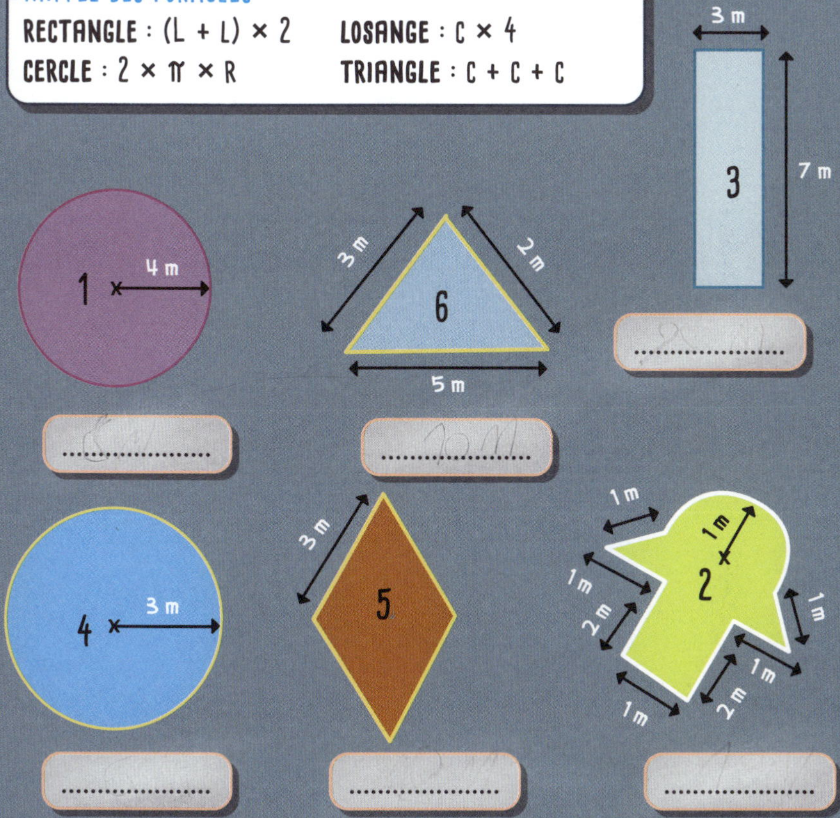


LES CHERCHEURS NE SE TROUVENT PAS DANS LA SALLE N° ______ .

ENQUÊTE 1

# 5 DISPARITION SUR BLUE MOON

Tu es presque au bout de ton enquête ; bientôt tu pourras rassurer les Terriens et leur dire ce qui est arrivé aux deux chercheurs.

**CLASSE LE NOM DES SALLES DANS L'ORDRE ALPHABÉTIQUE. LA SALLE QUI EST EN 6[E] POSITION N'EST PAS CELLE DANS LAQUELLE SONT ENFERMÉS LES CHERCHEURS.**

OBSERVATOIRE — SAS — STOCKAGE — VIE — LABORATOIRE — MACHINE

1 ..............................

2 ..............................

3 ..............................

4 ..............................

5 ..............................

6 ..............................

LES CHERCHEURS NE SE TROUVENT PAS DANS LA SALLE N° ____ .

# AFFAIRE CLASSÉE !

ENQUÊTE N° 1

Quel détective en herbe tu fais ! Tu vas enfin pouvoir découvrir dans quelle salle les chercheurs sont enfermés.

**REPRENDS TES INDICES ET COCHE LES SALLES QUE TU AS ÉCARTÉES AU FIL DE TON ENQUÊTE.**

- 1 LA SALLE D'OBSERVATION ☐
- 2 LE SAS DE SORTIE ☐
- 3 LA SALLE DE VIE ☐
- 4 LE LABORATOIRE ☐
- 5 LA SALLE DES MACHINES ☐
- 6 LA SALLE DE STOCKAGE ☐

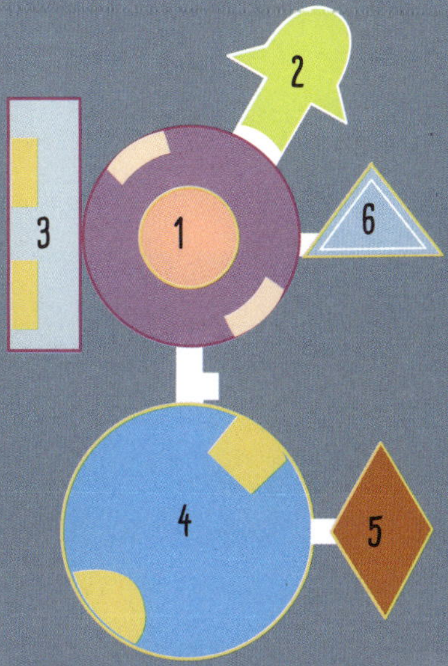


**DÉPÊCHE-TOI D'ALLER RETROUVER MILA GALILÉO ET JULES ROCKET ! ILS SONT ENFERMÉS DANS LA SALLE N° ____ .**

Bravo ! Les voilà sauvés. La porte s'était fermée et le code de verrouillage extérieur s'était enclenché. Heureusement dans cette pièce, il y avait toutes les réserves nécessaires pour survivre!

MINI-ENQUÊTE 1

# DIRECTION LA LUNE

Pour te remercier de les avoir libérés, Mila Galiléo et Jules Rocket t'ont confié quelques trésors de leurs recherches.

## Quelques chiffres

- Distance du Soleil : 58 millions de km
- Distance de la Terre : 384 400 km
- Température : de - 175 à + 125 degrés Celsius
- Diamètre : 3 476 km (4 fois plus petite que la Terre)
- Révolution : 27 jours et 8 heures
- Lunaison ou cycle de la Lune : 29 jours
- Durée du voyage en fusée : 4 jours

**Vrai ou faux ? Après avoir lu ces deux pages, coche la bonne réponse.**

| | | |
|---|---|---|
| ✦ La Lune ne brille pas. | Vrai ☐ | Faux ☐ |
| ✦ La Lune tourne autour de la Terre. | Vrai ☐ | Faux ☐ |
| ✦ On peut atterrir sur la Lune. | Vrai ☐ | Faux ☐ |
| ✦ La Lune tourne sur elle-même. | Vrai ☐ | Faux ☐ |

### Ça ne fait pas le poids !

Sur la Lune, on pèse 6 fois moins que sur la Terre !

## DE TOUS LES CÔTÉS

La Lune n'émet pas de lumière, c'est le Soleil qui l'éclaire ! Comme elle change de position tous les jours, les rayons du Soleil l'éclairent différemment. Chaque phase de la lune a un nom. Les 4 principales sont : la nouvelle lune, le premier quartier, la pleine lune, le dernier quartier.

**À toi de jouer : termine de nommer les différentes phases lunaires.**

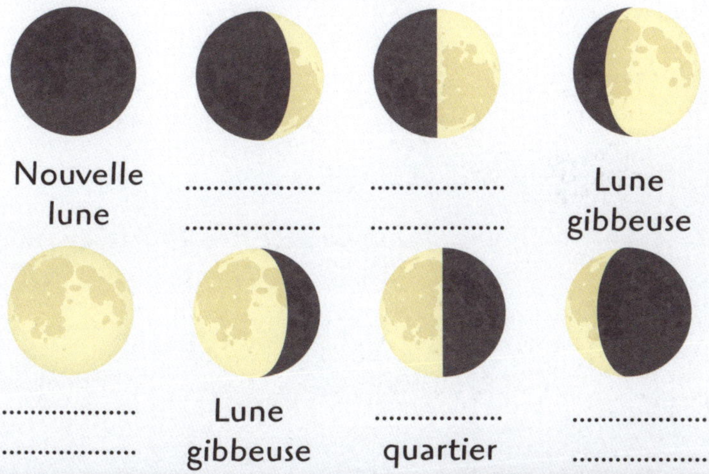


## ET LES MARÉES ALORS ?

Comme le Soleil, la Lune a une force d'attraction et attire la Terre. Ainsi, lorsque la Lune passe au-dessus d'un océan, l'eau se déforme et crée une marée haute. Quand la Lune s'éloigne, l'eau reprend sa forme initiale et la marée descend.

MINI-ENQUÊTE 1

ENQUÊTE N° 2

# PANIQUE CHEZ LES EXTRATERRESTRES

De retour de la Lune aux commandes de ton vaisseau spatial, tu reçois un étrange message composé de signes encore plus étranges. Tu enclenches le décodage automatique et le traducteur affiche :

> AU SECOURS !!!!
> Extraterrestres en danger !!! Blobs en détresse...
> Signé : le roi Ramiout de la planète Quichote.

Pas une minute à perdre, tu actives le bouton « Vitesse lumière » ! En un éclair, te voici posé sur la planète Quichote. Le roi Ramiout t'accueille et t'expose le problème : un terrible virus menace les blobs, animaux de compagnie préférés de son peuple !

## PAUVRES BLOBS... COMMENT FAIRE POUR LES SAUVER ?

# LES SUSPECTS

Le roi Ramiout est au plus mal. Il ne comprend vraiment pas comment un virus a pu entrer sur sa planète et mettre en danger les blobs. Il partage avec toi le fruit de sa réflexion. Pour lui, l'entrée du virus sur la planète n'est pas un accident mais bien un complot. Il ajoute que seules six personnes sont capables d'une telle machination.

ENQUÊTE 2

# 1 PANIQUE CHEZ LES EXTRATERRESTRES

Maintenant que tu as la liste des suspects, tu décides de procéder par élimination. Le conseiller du roi t'interpelle. Pour lui, celui dont le nom forme par anagramme le mot « citron » n'a pas pu empoisonner les blobs.

**TROUVE LES ANAGRAMMES DE CHAQUE NOM ET ÉLIMINE UN SUSPECT.**

- ACISSS : CASSIS
- IKKA : ..............................
- SANNAA : ..............................
- NIGOC : ..............................
- OTRINC : ..............................
- DAMENA : ..............................

INDICE : TOUTES LES ANAGRAMMES SONT DES FRUITS OU DES GRAINES.

L'EXTRATERRESTRE .............................. N'A PAS INFECTÉ LES BLOBS.

# 2 PANIQUE CHEZ LES EXTRATERRESTRES

Tu as réussi à écarter un suspect de ta liste. Soudain, une pluie de petits astéroïdes tombe sur le royaume ! Tu remarques que les astéroïdes ne sont pas habituels … et s'ils pouvaient t'aider à résoudre le mystère ?

SI TU CALCULES BIEN, TU DEVRAIS RÉUSSIR À RELIER LES ASTÉROÏDES AUX EXTRATERRESTRES. SAUF UN ! CELUI QUI RESTE N'EST PAS FAUTIF.

L'EXTRATERRESTRE ______________ N'A PAS INFECTÉ LES BLOBS.

ENQUÊTE 2

# 3 PANIQUE CHEZ LES EXTRATERRESTRES

Super ! Tu as évité les astéroïdes et innocenté un deuxième extraterrestre. Tu regardes une nouvelle fois la liste des suspects mais toutes les lettres semblent s'être mélangées !

**CONJUGUE LES VERBES DE LA LISTE AUX TEMPS INDIQUÉS ET RETROUVE-LES DANS LA GRILLE.**

**PRÉSENT**

*espionner*, 1re pers. du singulier : ..................................

*éjecter*, 2e pers. du pluriel : ..................................

*sortir*, 3e pers. du singulier : ..................................

**IMPARFAIT**

*nager*, 1re pers. du singulier : ..................................

*mentir*, 2e pers. du singulier : ..................................

*être*, 3[e] pers. du singulier : ..................................

| | | | | | | | |
|---|---|---|---|---|---|---|---|
| E | S | P | I | O | N | N | E |
| J | E | T | T | E | R | A | S |
| E | S | O | R | T | A | G | U |
| C | D | A | E | A | M | E | M |
| T | A | M | U | I | E | A | E |
| E | M | E | N | T | A | I | S |
| Z | A | U | R | A | A | S | N |

**FUTUR**

*jeter*, 2e pers. du singulier : ..................................

*avoir*, 3e pers. du singulier : ..................................

**PASSÉ SIMPLE**

*sauter*, 3e pers. du singulier : ..................................

*savoir*, 1re pers. du pluriel : ..................................

NOTE ICI LES LETTRES RESTANTES : DEMENA

L'EXTRATERRESTRE DEMENA N'A PAS INFECTÉ LES BLOBS.

# 4 PANIQUE CHEZ LES EXTRATERRESTRES

Sur ta liste, il figure encore trois noms. Alors que tu commences à te décourager, une idée jaillit : si tu demandais aux contrôleurs des frontières de Quichote le nom des planètes où les différents extraterrestres ont été repérés, peut-être parviendrais-tu à éliminer un suspect ?

VOICI LE NOM DE SIX PLANÈTES. RANGE-LES PAR ORDRE CROISSANT DE DISTANCE AU SOLEIL. CELLE QUI APPARAÎT EN 6E POSITION A LA MÊME INITIALE QU'UN DES SUSPECTS QUI N'EST PAS L'AUTEUR DU COMPLOT.

VÉNUS : 108 000 000 KM

JUPITER : 778 000 000 KM

NEPTUNE : 4 500 000 000 KM

MARS : 227 000 000 KM

URANUS : 2 880 000 000 KM

SATURNE : 1 425 000 000 KM

1 VE ..................
2 MA ..................
3 JU ..................
4 SA ..................
5 UR ..................
6 NE ..................

L'EXTRATERRESTRE NIGOC N'A PAS INFECTÉ LES BLOBS.

# 5 PANIQUE CHEZ LES EXTRATERRESTRES

Tu es à deux noms de démasquer l'auteur de ce terrible malheur ! Tu ne te sens pas à l'abri ; tu trouves refuge dans le château de Ramiout. Lorsque tu arrives, il t'annonce que quelqu'un a fait apporter une lettre pour toi. Tu l'ouvres et découvres une étrange grille…

**COLORIE LES CASES DES SYMBOLES AYANT AU MOINS UN AXE DE SYMÉTRIE.**

| | | | | | |
|---|---|---|---|---|---|
| Ë | $ | Ã | ? | u | ʃ |
| Q | A | é | d | ʃ | b |
| ü | [ | ÿ | $ | Ã | é |
| e | ∞ | & | e | $ | N |
| $ | V | b | A | ʃ | ? |
| b | I | ọ | [ | X | ÿ |
| Ã | b | ʃ | I | Ë | t |
| e | ÿ | Ã | W | y | b |

LES CASES COLORIÉES FORMENT UN CHIFFRE : CELUI-CI T'INDIQUERA LE NOMBRE DE LETTRES QUE CONTIENT LE NOM D'UN EXTRATERRESTRE QUI N'A PAS VOULU DU MAL AU ROYAUME DE RAMIOUT !

L'EXTRATERRESTRE ikkA N'A PAS INFECTÉ LES BLOBS.

# AFFAIRE CLASSÉE !

ENQUÊTE N° 2

Quel détective en herbe tu fais ! Tu vas enfin savoir qui a voulu faire du mal aux blobs.

**REPRENDS TES INDICES ET COCHE LES EXTRATERRESTRES QUE TU AS ÉCARTÉS AU FIL DE TON ENQUÊTE.**

ÇA ALORS !

C'ÉTAIT DONC ACISS LE COUPABLE !

Ramiout te remercie. Maintenant que tu as découvert le responsable, il peut venger les blobs.

MINI-ENQUÊTE 2

# À LA VITESSE DE LA LUMIÈRE !

Afin de porter secours au plus vite aux extraterrestres, tu as activé le bouton « Vitesse lumière » pour te téléporter presque instantanément jusqu'à leur planète.

## DÉFI VITESSE LUMIÈRE

Quand tu utilises la vitesse de la lumière, le poids de ton vaisseau peut être divisé par 3, 4, 5 ou 6.
**Calcule le poids des vaisseaux suivants et entoure le tien** : c'est celui qui fait 115 tonnes lors du passage à la vitesse de la lumière.

400 ÷ 5

..................................

225 ÷ 3

..................................

1 248 ÷ 4

..................................

690 ÷ 6

..................................

## VOIR UN ÉCLAIR AVANT DE L'ENTENDRE, C'EST POSSIBLE !

Cela s'explique par le fait que le son est plus lent que la lumière. Il est fréquent d'observer un éclair dans le ciel avant d'entendre le tonnerre. Le moment où l'éclair est visible est donc véritablement le moment où la foudre traverse le ciel. Plus le point de chute de l'éclair est éloigné du point d'observation, plus le décalage entre la lumière et le son sera important.

Le sais-tu ? Si tu comptes le nombre de secondes qui séparent l'éclair du son et que tu divises ce nombre par 3, tu obtiens la distance en kilomètres entre toi et le point de chute.

**SI TU VOIS UN ÉCLAIR ET QUE 6 SECONDES PLUS TARD TU ENTENDS LE TONNERRE, À QUELLE DISTANCE TE TROUVES-TU DU POINT DE CHUTE DE L'ÉCLAIR ?**

.......................................................................................................

.......................................................................................................

.......................................................................................................

## QUEL CINÉMA !

Le son ne se propage pas dans le vide ; il a donc besoin d'un milieu pour se propager. Ainsi, tous les sons produits dans l'espace que tu peux entendre dans les films sont faux : il n'y a pas de son dans l'espace !

MINI-ENQUÊTE 2

ENQUÊTE N°3

# LA PLANÈTE MYSTÈRE

Après avoir sauvé les blobs, tu quittes Quichote pour retrouver la Terre ! À peine as-tu programmé ton vaisseau en direction de la Voie lactée que tu reçois un appel de la base aéronautique de Toulouse. On te demande de mettre le cap sur une planète afin d'effectuer certains relevés. Mais tu perds la connexion, l'appel est interrompu ! Le nom de la planète s'est répandu dans l'infini intergalactique et le silence règne de nouveau. Seuls tournent dans ta tête les mots prononcés par ton interlocuteur : sol dur, vallée, distance Soleil, cratères, gaz.

**TROP IMPATIENT D'EN SAVOIR PLUS SUR CETTE MYSTÉRIEUSE PLANÈTE, TU DÉCIDES DE MENER L'ENQUÊTE AVEC LE PEU D'INDICES QUE TU AS !**

# LES SUSPECTS

Te voici donc parti sur les traces d'une planète. Mais laquelle ? Malgré les grésillements de la communication, tu te souviens que ton collègue a également prononcé les mots « voie lactée » et « système solaire ». Tu dresses la liste des 8 planètes du Système solaire.

# 1 LA PLANÈTE MYSTÈRE

Tu es impatient, mais tu sais qu'il ne faut pas te précipiter et qu'il te faut bien réfléchir. Tu souffles et tu reprends ta tablette sur laquelle tu as noté des mots lorsque la base aéronautique t'a appelé.

**ASSOCIE LES ANTONYMES, ET DÉCOUVRE LE MOT RESTANT.**

MINUSCULE | FROID | BIEN | JOUR | BRILLER

NUIT | GÉANT | APPARAÎTRE | CHAUD

PÂLIR | S'ÉCLIPSER | MAL | TAIRE

.........................................................................................................

.........................................................................................................

.........................................................................................................

.........................................................................................................

.........................................................................................................

.........................................................................................................

LE MOT QUI N'A PAS D'ANTONYME EST : TAIRE.

CE MOT NE TE FAIT PAS PENSER À UNE PLANÈTE ?

LA PLANÈTE TERRE N'EST PAS CELLE OÙ TU DOIS TE RENDRE.

# 2 LA PLANÈTE MYSTÈRE

Te voici enfin entré dans le Système solaire. Ton vaisseau arrive de l'endroit le plus éloigné du Soleil. Tu remarques que les planètes sont plus ou moins loin du Soleil.

CALCULE LA DISTANCE DE CHAQUE PLANÈTE PAR RAPPORT AU SOLEIL EN UA (UNITÉ ASTRONOMIQUE DE LONGUEUR ENTRE UNE PLANÈTE ET LE SOLEIL). PUIS RANGE LES PLANÈTES DANS L'ORDRE CROISSANT. LA PLANÈTE QUI EST EN 4ᴱ POSITION N'EST PAS LA PLANÈTE QUE TU DOIS ALLER OBSERVER.

*INDICE : « MES VIEILLES TORTUES MARCHENT JUSTEMENT SUR UN NINJA. »*

- ☐ MARS — $0{,}76 \times 2$
- ☐ JUPITER — $2{,}6 \times 2$
- ☐ TERRE — $0{,}5 \times 2$
- ☐ NEPTUNE — $15{,}36 + 15{,}24$
- ☐ URANUS — $3{,}838 \times 5$
- ☐ VÉNUS — $0{,}42 + 0{,}3$
- ☐ SATURNE — $5{,}93 + 3{,}6$
- ☐ MERCURE — $0{,}76 - 0{,}37$

LA PLANÈTE MARS N'EST PAS CELLE OÙ TU DOIS TE RENDRE.

ENQUÊTE 3

# 3 LA PLANÈTE MYSTÈRE

Super ! Tu as pu percer le mystère du Système solaire et écarter une autre planète : tu es un vrai enquêteur de l'espace ! Tu décides de te pencher sur les formes que tu as dessinées avec ton stylet.

LES FORMES VONT PAR PAIRE. TROUVE TOUTES LES PAIRES POUR FORMER DES ASTÉROÏDES. UNE FORME RESTERA SEULE, NE TE FAIT-ELLE PAS PENSER À UNE INITIALE ? TU NE DOIS PAS ALLER EXPLORER LA PLANÈTE DONT L'INITIALE EST LA LETTRE QUE TU DEVINES !

SI TU HÉSITES ENTRE DEUX PLANÈTES, AIDE-TOI DE L'INDICE TROUVÉ EN P. 29 !

LA PLANÈTE MERCURE N'EST PAS CELLE OÙ TU DOIS TE RENDRE.

4

# LA PLANÈTE MYSTÈRE

Encore une planète éliminée ! À peine as-tu résolu la dernière énigme que tu pousses un cri : tu es plongé au cœur d'une tempête de météorites !

**TOUTES LES PLANÈTES ONT L'AIR MENACÉES PAR LA TEMPÊTE… SAUF UNE ! POUR CONNAÎTRE SON NOM, SUIS LE CHEMIN DES MULTIPLES DE 2.**

NEPTUNE

MARS

| | | | | | | | |
|---|---|---|---|---|---|---|---|
| 1 | 2 | 15 | 11 | 13 | 17 | 19 | 13 |
| 5 | 4 | 6 | 9 | 7 | 10 | 11 | 15 |
| 7 | 3 | 8 | 5 | 19 | 23 | 25 | 27 |
| 11 | 9 | 14 | 18 | 21 | 17 | 19 | 30 |
| 13 | 7 | 13 | 22 | 25 | 27 | 29 | 37 |
| 19 | 17 | 23 | 28 | 32 | 36 | 44 | 45 |
| 23 | 19 | 25 | 29 | 33 | 35 | 48 | 41 |
| 31 | 27 | 33 | 31 | 35 | 37 | 52 | 57 |
| 33 | 29 | 35 | 39 | 37 | 51 | 56 | 59 |
| 47 | 33 | 39 | 43 | 51 | 63 | 64 | 67 |

JUPITER

SATURNE

URANUS

VÉNUS

LA PLANÈTE VÉNUS N'EST PAS CELLE OÙ TU DOIS TE RENDRE.

ENQUÊTE 3

# 5 LA PLANÈTE MYSTÈRE

Une fois sorti de la tempête de météorites, tu décides de réessayer de contacter la base aéronautique de Toulouse. Bip, bip, bip ! Impossible de joindre la base terrienne. Tu n'as pas d'autre choix que de continuer à mener ton enquête dans l'espace et éliminer une à une les planètes restantes. Tu actives ton pilotage automatique et décides de passer le temps avec des mots croisés.

**REMPLIS LA GRILLE AVEC LES VERBES CONJUGUÉS AU FUTUR. AINSI, TU POURRAS COLLECTER LES LETTRES QUI SONT DANS LES CASES COLORÉES ; TU DÉCOUVRIRAS ALORS LE NOM D'UNE PLANÈTE QUI N'EST PAS CELLE SUR LAQUELLE TU DOIS TE RENDRE.**

1. JOUER (2E PERS. SING.)
2. RECULER (1RE PERS. SING.)
3. VIVRE (1RE PERS. PL.)
4. AVOIR (2E PERS. PL.)
5. SAVOIR (3E PERS. PL.)
6. ALLER (1RE PERS. PL.)
7. ÊTRE (2E PERS. PL.)
8. PERDRE (2E PERS. SING.)

LA PLANÈTE ______ N'EST PAS CELLE OÙ TU DOIS TE RENDRE.

# 6 LA PLANÈTE MYSTÈRE

Quelle perspicacité ! Soudain, ta tablette émet un court son : c'est une notification, tu as reçu un message ! La base aéronautique de Toulouse t'a envoyé un message il y a plusieurs heures que tu viens à peine de recevoir : des photos de planètes avec chacune un triangle au-dessus. Comme les triangles, les planètes ont toutes leurs particularités. Serait-ce une piste ?

TU OBSERVES LES TRIANGLES. SI TU TROUVES LE TRIANGLE QUI CORRESPOND TRÈS EXACTEMENT À LA DESCRIPTION DU CÉLÈBRE ASTRONOME COPERNIC, TU POURRAS RAYER UNE PLANÈTE DE TA LISTE.

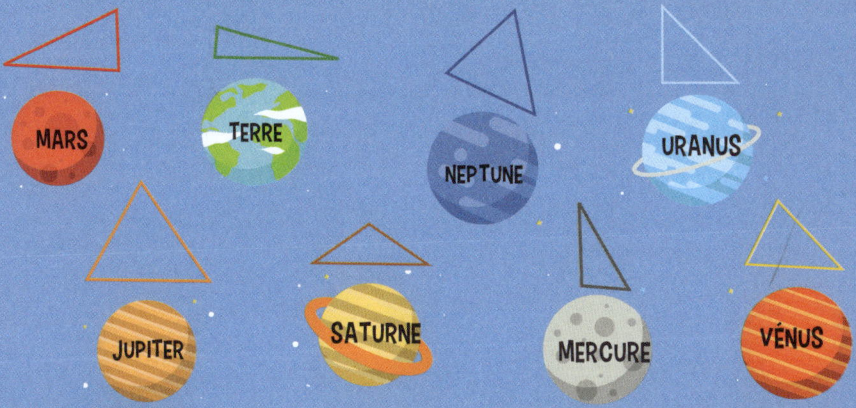

LE TRIANGLE QUE TU CHERCHES A, COMME TOUS LES TRIANGLES, 3 CÔTÉS ET 3 SOMMETS. IL A AUSSI PLUSIEURS PARTICULARITÉS : IL A UN AXE DE SYMÉTRIE ET DEUX CÔTÉS DE MÊME LONGUEUR. DEUX DE SES ANGLES MESURENT 45 DEGRÉS, L'AUTRE EST UN ANGLE DROIT. IL EST DONC I_ _ _ _ _ _ MAIS AUSSI R_ _ _ _ _ _ _ _.

LA PLANÈTE URANUS N'EST PAS CELLE OÙ TU DOIS TE RENDRE.

ENQUÊTE 3

# 1 LA PLANÈTE MYSTÈRE

Tu te mets à rêver de ton ancienne vie sur Terre, et tu as l'impression d'entendre le chant des oiseaux. À côté de l'oiseau que tu dessines tout en réfléchissant à ton enquête, tu te surprends à écrire les nombres 365 et 165. Pour 365, facile : il représente le nombre de jours que prend la révolution de la Terre. Mais 165 ? Tu ne te rappelles plus. Cela te pousse à chercher du côté des autres planètes.

Ne pas confondre !

- Période de révolution : temps que met une planète pour tourner autour de son étoile.
- Période de rotation : temps que met une planète pour tourner sur elle-même.
- La Terre a une révolution de 365 jours autour de la Lune et une rotation de 24 heures.

EFFECTUE CES CALCULS. LA PLANÈTE DONT LE TEMPS DE RÉVOLUTION EST DE 165 JOURS EST LA DERNIÈRE PLANÈTE QUE TU PEUX ÉLIMINER DE TA LISTE.

- TERRE : 365 JOURS
- MERCURE : LE DOUBLE DE 44 SOIT .................... JOURS
- VÉNUS : LE DOUBLE DE 112 SOIT .................... JOURS
- MARS : LE DOUBLE DE 383 SOIT .................... JOURS
- JUPITER : LE TIERS DE 36 SOIT .................... ANS
- URANUS : LE QUADRUPLE DE 21 SOIT .................... ANS
- SATURNE : LA MOITIÉ DE 60 SOIT .................... ANS
- NEPTUNE : LE TRIPLE DE 55 SOIT .................... ANS

LA PLANÈTE ________ N'EST PAS CELLE OÙ TU DOIS TE RENDRE.

# AFFAIRE CLASSÉE !

ENQUÊTE N°3

Quel détective en herbe ! Tu vas enfin découvrir où tu dois aller faire des prélèvements !

REPRENDS TES INDICES, COCHE LES PLANÈTES QUE TU AS ÉCARTÉES AU FIL DE TON ENQUÊTE ET DÉCOUVRE CELLE QUI INTÉRESSE TON ÉQUIPE DE CHERCHEURS RESTÉS À LA BASE AÉRONAUTIQUE DE TOULOUSE.

TES PRÉLÈVEMENTS ET VÉRIFICATIONS EFFECTUÉS SUR LA PLANÈTE SATURNE, TU PEUX ENFIN PRENDRE LA DIRECTION DE LA PLANÈTE BLEUE.

Mini-enquête 3

# LE SYSTÈME SOLAIRE

Tu as pu en apprendre davantage sur notre merveilleux Système solaire, tu es désormais imbattable sur le sujet, non ?

## NOTRE SYSTÈME SOLAIRE

Il regroupe le Soleil et ses objets célestes : 8 planètes et des milliers d'astéroïdes et de comètes qui tournent autour de lui. La force de gravitation permet au Soleil d'attirer et de retenir ces planètes. Il serait âgé de 4,5 milliards d'années environ !

## DU LUNDI AU SAMEDI

Les 6 premiers jours de la semaine sont associés au nom d'un astre.

**À toi de jouer ! Trouve pour chaque jour de la semaine la planète correspondante.**

Lundi : Lune

Mardi : .............................

Mercredi : .............................

Jeudi : .............................

Vendredi : .............................

Samedi : .............................

## LA DIFFÉRENCE ENTRE ÉTOILE ET PLANÈTE

Une étoile est un corps qui produit sa propre lumière.
Une planète est une grosse boule de roche ou de gaz qui n'émet pas de lumière. Elle tourne sur elle-même en même temps qu'elle tourne autour d'une étoile qui l'éclaire.

### VRAI OU FAUX ? COCHE LA BONNE RÉPONSE.

- Il existe d'autres galaxies que la nôtre. VRAI ☐ FAUX ☐
- La plus grande planète du système solaire est Jupiter. VRAI ☐ FAUX ☐
- En partant du Soleil, la Terre se trouve à la 5e position. VRAI ☐ FAUX ☐
- Le Soleil est un satellite. VRAI ☐ FAUX ☐
- Pluton est une planète de notre système solaire. VRAI ☐ FAUX ☐

## LE SAIS-TU ?

Vénus est la seule planète à avoir un sens de rotation inversé par rapport aux autres planètes du système solaire.

ENQUÊTE N° 4

# LA CHASSE AUX ÉTOILES

Te voici de retour sur la planète bleue. Tu t'accordes un repos bien mérité au soleil du sud de la France ; mais alors que tu te prélasses, tu reçois un coup de téléphone. Un collègue t'annonce qu'une constellation semble invisible ce soir ; il te charge de répertorier les constellations de la Galaxie.

Tu décides de grimper au sommet d'une colline pour observer le ciel. Mais en ce soir d'été, les nuages se font denses, et bien que très performant, ton télescope ne suffit pas à détecter toutes les étoiles. Tu décides donc de te référer aux écrits des astronomes.

**TON BUT EST DE DÉTAILLER LA CARTE DES 88 CONSTELLATIONS QUE PTOLÉMÉE ET SES SUCCESSEURS ONT RÉPERTORIÉES AU COURS DES SIÈCLES, AFIN DE DÉCOUVRIR SI TOUTES LES CONSTELLATIONS SONT BIEN PRÉSENTES DANS LE CIEL.**

# LES SUSPECTS

TU DRESSES LA LISTE DES CONSTELLATIONS QUE TU N'AS PAS RÉUSSI À VOIR AU TÉLESCOPE À CAUSE DES NUAGES. MAIS NUAGES OU PAS, L'UNE D'ELLES MANQUE, TU EN ES SÛR.

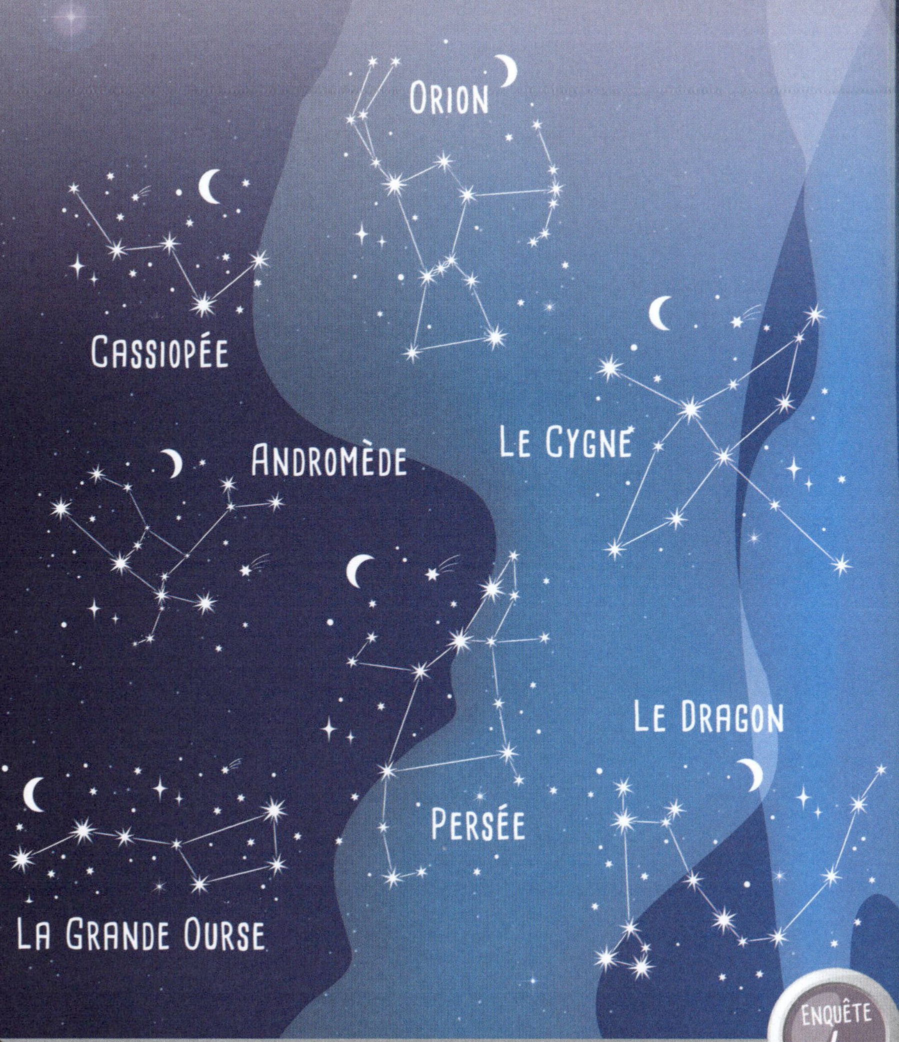


ENQUÊTE 4

# 1 LA CHASSE AUX ÉTOILES

La liste des constellations dressée, tu vas pouvoir procéder par élimination. Tu commences ainsi par te plonger dans les cartes des étoiles. Et si tu t'intéressais à la forme que laissent apparaître les étoiles une fois reliées dans le bon ordre ?

**UTILISE UNE RÈGLE ET RELIE LES POINTS DANS L'ORDRE CROISSANT DE 1,20 À 3. TU DÉCOUVRIRAS SÛREMENT UNE CONSTELLATION !**

REPORTE-TOI À LA PAGE 39 POUR DÉCOUVRIR LE NOM DE CETTE PREMIÈRE CONSTELLATION !

LA CONSTELLATION DRACON SERAIT VISIBLE SANS LES NUAGES.

## 2 LA CHASSE AUX ÉTOILES

Et d'une de repérée ! En parcourant les écrits de Ptolémée, tu tombes sur une étrange suite de billes colorées.

C – A – S – S – I – O – P – E – E

CETTE SUITE DE BILLES COLORÉES CONTIENT DES LETTRES FORMANT UN NOM. SI TU LA TROUVES DANS LA SPHÈRE CI-DESSOUS, C'EST QUE LA CONSTELLATION EST BIEN VISIBLE LORSQUE LES NUAGES DISPARAÎSSENT !

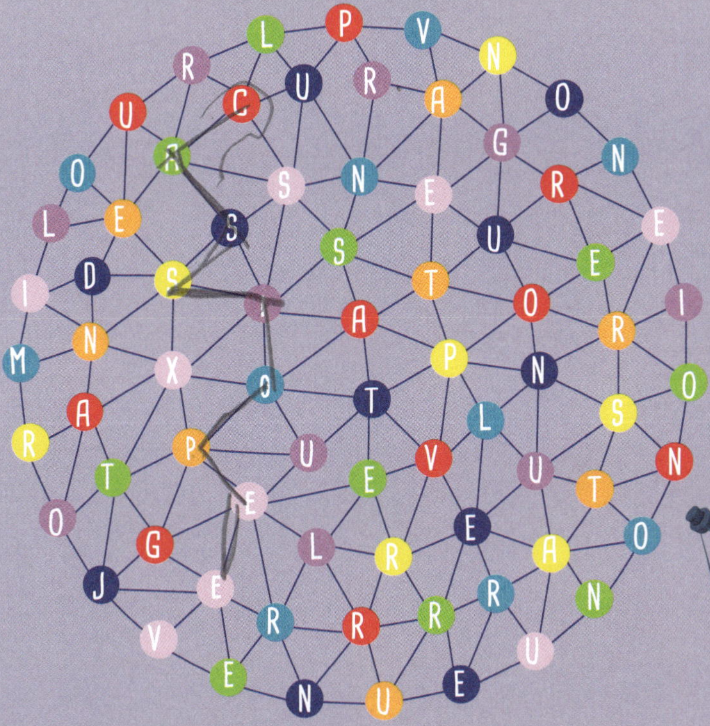

LA CONSTELLATION CASSIOPEE SERAIT VISIBLE SANS LES NUAGES.

ENQUÊTE 4

# 3 LA CHASSE AUX ÉTOILES

Encore une constellation écartée ! Ces écrits te passionnent, mais ils sont tellement anciens que le temps a effacé certains mots. Soudain, ton œil s'arrête sur des traits de crayon presque effacés. Un ancien chercheur semble avoir deviné les mots manquants et en avoir fait une énigme !

**COMPLÈTE LE TEXTE ET DÉCOUVRE DE QUELLE CONSTELLATION IL EST QUESTION. ATTENTION AUX ACCORDS !**

- CONTRAIRE DE PETIT
- ENSEMBLE D'ÉTOILES
- OPPOSÉ DU « SUD »
- PLACÉ OU DISPOSÉ
- ANIMAL POSSÉDANT UN BEC ET DES PLUMES
- CONTRAIRE D'« HIVERNAL »

Je suis une GRANDE et brillante CONSTELATION, parfois appelée la Croix du NORD car mes étoiles sont PLACÉE selon une GRANDE croix. Je représente un OISEAU qui s'étend sur la Voie lactée _ _ _ _ _ _ _ _ _, paraissant en migration vers le sud.

REPORTE-TOI À LA PAGE 39 POUR T'AIDER.

LA CONSTELLATION CINGNE SERAIT VISIBLE SANS LES NUAGES.

# 4 LA CHASSE AUX ÉTOILES

Ton enquête avance, mais tu es loin d'avoir trouvé la constellation manquante. Tu décides de consulter l'encyclopédie des étoiles. Tu constates que beaucoup d'étoiles ont un nom d'animal. Et si tu les associais 2 à 2 ?

ASSOCIE LES NOMS D'ANIMAUX QUI VONT ENSEMBLE. UN ANIMAL RESTERA SEUL. ET S'IL T'INDIQUAIT UNE CONSTELLATION VISIBLE SOUS LES NUAGES ?

BICHE — CHEVAL — RENARDE — JUMENT

CHAT — LION — OURSE — CERF

CHATTE — CHIENNE — LIONNE — CHIEN — RENARD

★ ..................................................

★ ..................................................

★ ..................................................

★ ..................................................

★ ..................................................

★ ..................................................

LE MOT RESTANT EST : OURSE

REPORTE-TOI À LA PAGE 39 POUR T'AIDER.

LA CONSTELLATION L G OU SERAIT VISIBLE SANS LES NUAGES.

ENQUÊTE 4

# 5 LA CHASSE AUX ÉTOILES

L'encyclopédie des étoiles a été un franc succès ! Tu te décides à ouvrir le tome 2 à la recherche d'indices. Tu tournes les pages en vain ; tu ne vois rien. Alors que tes yeux fatiguent, tu aperçois enfin quelque chose sur la page des constellations... un trait de crayon gommé si bien qu'il a presque disparu. Tu prends une loupe, et tu vois... un carré ?

EFFECTUE LES BONNES OPÉRATIONS ET DÉCOUVRE LES CHIFFRES MANQUANTS DE CE CARRÉ MAGIQUE !
*INDICE : LE RÉSULTAT DE CHAQUE LIGNE ET DE CHAQUE COLONNE EST 34 !*

| | | | |
|---|---|---|---|
| 16 | | 2 | |
| 5 | 10 | | 8 |
| | 6 | | 12 |
| 4 | 15 | 14 | 1 |

BRAVO ! COLORIE DANS LE TABLEAU CI-DESSOUS LES LETTRES CORRESPONDANT À TES RÉSULTATS. SI TU AS TROUVÉ LES BONNES RÉPONSES, TU DÉCOUVRIRAS LE NOM D'UNE NOUVELLE CONSTELLATION VISIBLE CETTE NUIT.

| | | | | | | | | |
|---|---|---|---|---|---|---|---|---|
| 1 | 3 | 5 | 7 | 9 | 11 | 13 | 15 | 17 |
| F | P | A | E | R | E | S | E | U |

REMETS LES LETTRES DANS L'ORDRE GRÂCE AU CODE COULEUR.

LA CONSTELLATION ______ SERAIT VISIBLE SANS LES NUAGES.

# 6 LA CHASSE AUX ÉTOILES

Tu constates que beaucoup de constellations ont un lien avec la mythologie grecque. Et si c'était une piste ?

RELIE CHAQUE PROTAGONISTE À SON INDICE. LA CONSTELLATION QUI N'A PAS DE DESCRIPTION ASSOCIÉE EST VISIBLE CETTE NUIT.

| | |
|---|---|
| HERCULE | CHASSEUR LÉGENDAIRE, RÉPUTÉ POUR SA BEAUTÉ ET SA FORCE. |
| PERSÉE | FEMME DU ROI CÉPHÉE ET MÈRE D'ANDROMÈDE. |
| PÉGASE | HÉROS QUI DÉCAPITA MÉDUSE. |
| CASSIOPÉE | ZEUS SE MÉTAMORPHOSA EN CE BEL OISEAU. |
| ANDROMÈDE | HÉROS LE PLUS FORT DE TOUS LES TEMPS. |
| ORION | CHEVAL AILÉ |
| CYGNE | |

LA CONSTELLATION ________ SERAIT VISIBLE SANS LES NUAGES.

ENQUÊTE 4

# AFFAIRE CLASSÉE !

Quel astronome en herbe tu es ! Reprends tes indices et coche les constellations que tu as repérées au fil de ton enquête afin de découvrir celle qui n'est pas visible ce soir.

ÇA ALORS ! C'ÉTAIT DONC

______________________

LA CONSTELLATION INVISIBLE !

Au cours de l'année, la Terre tourne autour du Soleil. Une partie des étoiles visibles la nuit en hiver ne sont pas les mêmes qu'en été. Il y a donc des constellations d'été et des constellations d'hiver. Orion, par exemple, est visible les soirs d'hiver, mais invisible en été. En revanche, le Triangle d'été est repérable en été et invisible les nuits d'hiver.

# AFFAIRE CLASSÉE !

ENQUÊTE N° 4

Maintenant, tu sais que le fait de voir une constellation ou non dépend de l'emplacement de l'observateur mais aussi des périodes de l'année.

Si tu veux en savoir encore plus sur les étoiles et leurs constellations, n'hésite pas à tourner la page !

MINI-ENQUÊTE 4

# CAP SUR LES ÉTOILES

## ÉNORME BOULE BRÛLANTE

Une étoile est une énorme boule de gaz brûlant qui produit beaucoup de chaleur et de lumière. Elle naît dans un grand nuage de gaz et de poussière. Il se forme alors un grumeau, qui grossit et s'échauffe jusqu'à atteindre 10 millions de degrés Celsius. Lorsque l'étoile a brûlé tout son gaz, elle refroidit lentement et perd peu à peu son éclat. Certaines étoiles disparaissent dans une énorme explosion causée par l'effondrement brutal de leur cœur : on les appelle les supernovas !

## CARTE D'IDENTITÉ DU SOLEIL

**Âge :** 4,6 milliards d'années

**Diamètre :** 1,4 million de kilomètres

**Température :** 15 millions de degrés Celsius au centre ; 5 500 degrés Celsius à la surface

**Composition :** 74 % d'hydrogène ; 24 % d'hélium

## Vrai ou faux ? Coche la bonne réponse.

- Les étoiles sont des boules de feu. Vrai ☐ Faux ☐
- Le Soleil est 400 fois plus gros que la Lune. Vrai ☐ Faux ☐
- Les étoiles sont toutes de la même couleur. Vrai ☐ Faux ☐
- On compte 88 constellations. Vrai ☐ Faux ☐
- Toutes les constellations sont visibles partout dans le monde. Vrai ☐ Faux ☐
- En plein jour, aucune étoile n'est visible. Vrai ☐ Faux ☐

## OBSERVER LES ÉTOILES

Astuces pour observer les étoiles :

- Choisir une nuit où le ciel est bien dégagé.
- Choisir un endroit éloigné de la pollution lumineuse.
- Se munir d'une carte du ciel pour repérer les constellations et d'une lampe torche pour la lire.
- Les yeux restent le meilleur instrument ! Vingt minutes sont nécessaires pour que nos yeux s'habituent à l'obscurité.
- S'installer confortablement.
- Ne pas hésiter à regarder un peu partout autour de soi, car les étoiles filantes sont imprévisibles.
- Et… ne pas s'endormir, car une fois bien installé, résister aux bras de Morphée peut s'avérer compliqué !

ENQUÊTE N° 5

# CHAOS SUR SPACE RIDER

Aujourd'hui est un grand jour : tu as été invité à une cérémonie organisée par le Président lui-même ! Il souhaite te remercier pour tous les services que tu as rendus avec bravoure et détermination. Mais alors que tout le monde discute et rit, le Président, inquiet, te prend à part. Il a reçu un étrange message de la station spatiale internationale Space Rider :

> « LES SATELLITES DE LA TERRE VONT TOUS ÊTRE ENVOYÉS DANS L'ORBITE CIMETIÈRE !!!! »

Il te confie alors la mission suivante : rejoindre la station Space Rider afin de découvrir qui, parmi les astronautes, est à l'origine de ce message.

# LES SUSPECTS

Ton chef te reçoit pour un entretien confidentiel. Il te transmet des informations de la plus haute importance, notamment une fiche de renseignements sur chaque astronaute présent à bord de Space Rider : leur nom, leur âge, le pays d'où ils viennent et leur animal ou objet fétiche !

# 1 CHAOS SUR SPICE RIDER

Prêt à résoudre ta nouvelle enquête, te voici à bord du vaisseau *X-22* qui te conduira jusqu'à la station Space Rider. Avant toute chose, tu dois décoller !

À TOI DE RÉSOUDRE MENTALEMENT CES OPÉRATIONS. ATTENTION ! POUR LANCER LE VAISSEAU DANS L'ESPACE, TU DOIS FAIRE UN PARCOURS SANS FAUTE. COMPTE À REBOURS ENCLENCHÉ ! TU AS UNE MINUTE ! TOP CHRONO : 60, 59, 58…

18 × 10 = ..........

470 × 100 = ..........

225 × 1000 = ..........

2,125 × 10 = ..........

5,108 × 100 = ..........

7,777 × 1 000 = ..........

2,4 × .......... = 240

0,24 × .......... = 240

0,024 × .......... = 24

8 500 ÷ 100 = ..........

12 000 ÷ 1000 = ..........

146 ÷ 10 = ..........

333,3 ÷ 100 = ..........

622 ÷ 1000 = ..........

98,98 ÷ .......... = 0,9898

54 ÷ .......... = 0,054

🔓 BRAVO ! TE VOICI LANCÉ À TOUTE ALLURE VERS LA STATION.

# 2 CHAOS SUR SPICE RIDER

Ton voyage s'est très bien passé. Les astronautes de Space Rider sont ravis de t'accueillir à bord.

Aucun d'eux ne semble connaître la véritable raison de ta venue. La discrétion, c'est l'une de tes qualités ! Tu prétends avoir besoin d'une sieste pour te retrouver seul dans la salle de repos. Pas une minute à perdre... Sans plus attendre, tu commences ton travail d'investigation.

Tu fouilles la pièce à la recherche d'indices. Au-dessus de chaque couchette de l'équipage, tu remarques une photo de leur objet ou animal porte-bonheur. Sous chaque photo est inscrite une mesure. Ce n'est sûrement pas un hasard... et si c'était le premier indice de ton enquête ?

OBSERVE LES VALEURS INDIQUÉES CI-DESSOUS. L'UNE D'ELLES T'ÉTONNE ? ENTOURE-LA. L'ASTRONAUTE ASSOCIÉ À CETTE ÉTRANGE VALEUR N'EST CERTAINEMENT PAS COUPABLE !

BAGUETTE : 15 g

CHEVAL : 65 KG

VOITURE : 1 TONNE

TRÈFLE À 4 FEUILLES : 3 CM

CHAT : 250 MM

UNE BOUTEILLE DE PARFUM : 100 ML

CE N'EST DONC PAS BOB X MEN QUI EST À L'ORIGINE DU MESSAGE.

# 3 CHAOS SUR SPICE RIDER

Ce coup-ci, ton enquête est lancée ! Tu ne peux plus reculer. Une tablette accrochée à la paroi de la salle clignote, comme un clin d'œil. Tu l'allumes et un quadrillage avec des coordonnées apparaît.

OBSERVE LES COORDONNÉES À TA DISPOSITION ET COLORIE LES CASES INDIQUÉES. LES CASES COLORÉES VONT FAIRE APPARAÎTRE DES LETTRES… LES INITIALES D'UN INNOCENT PEUT-ÊTRE ?

| | A | B | C | D | E | F | G | H | I |
|---|---|---|---|---|---|---|---|---|---|
| 1 | | | | | | | | | |
| 2 | | | | | | | | | |
| 3 | | | | | | | | | |
| 4 | | | | | | | | | |
| 5 | | | | | | | | | |
| 6 | | | | | | | | | |
| 7 | | | | | | | | | |

COORDONNÉES

| | | | |
|---|---|---|---|
| • A1 | • F3 | • F5 | • C7 |
| • F1 | • A4 | • H5 | • F7 |
| • G1 | • D4 | • A6 | • G7 |
| • H1 | • F4 | • F6 | • H7 |
| • A2 | • H4 | • H6 | |
| • F2 | • I4 | • A7 | |
| • A3 | - A5 | • B7 | |

À ton avis, à qui peuvent appartenir ces initiales ?

CE N'EST DONC PAS LUCAS G. QUI EST À L'ORIGINE DU MESSAGE.

ENQUÊTE 5

4

# CHAOS SUR SPICE RIDER

Bien joué ! Tu avances bien dans ton enquête. Et si tu retournais auprès de tes camarades ? En discutant avec eux, tu récoltes des informations sur leur nationalité, leur pays et leurs traditions.

VOICI DES DRAPEAUX, DES NOMS DE PAYS ET UN SYMBOLE PROPRE À CHAQUE NATION. RELIE D'UNE MÊME COULEUR LES ÉLÉMENTS QUI VONT ENSEMBLE. UN PAYS RESTERA SEUL, SANS ÉLÉMENT ASSOCIÉ ; C'EST CELUI D'UN ASTRONAUTE QUI N'A RIEN À VOIR AVEC LE MESSAGE DE MENACE.

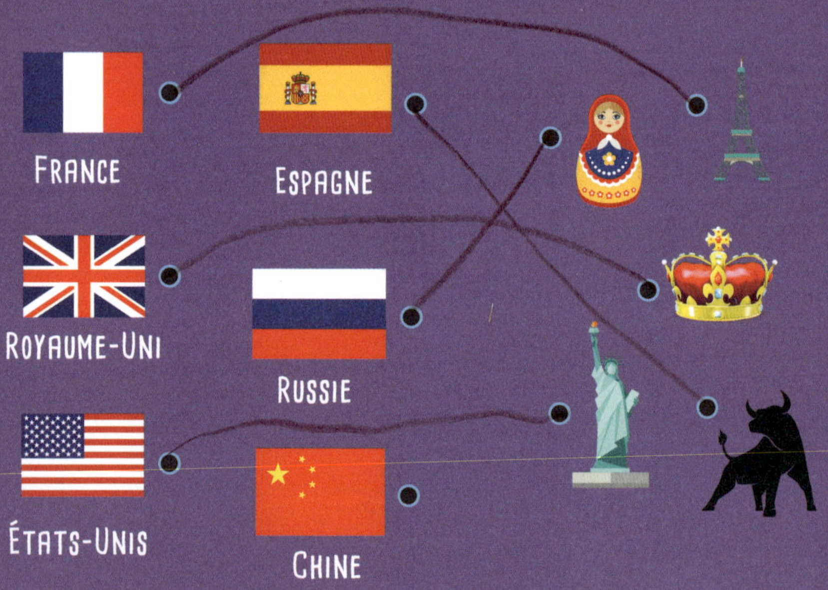


QUEL PAYS N'A PAS DE SYMBOLE ASSOCIÉ ? CHINE

CE N'EST DONC PAS LIANG XING QUI EST À L'ORIGINE DU MESSAGE.

# 5 CHAOS SUR SPICE RIDER

Bravo, mais il faut continuer ! Tu te décides à te rendre dans la salle des ordinateurs ; ceux-ci cachent peut-être des indices. Tu fais défiler les fichiers, quand l'un d'eux attire soudain ton attention : « Astronaute_innocent.bocx ».

RELIE CHAQUE FRACTION AU CAMEMBERT CORRESPONDANT. L'UN D'EUX RESTERA SEUL, ET LA LETTRE ASSOCIÉE À CE CAMEMBERT TE GUIDERA.

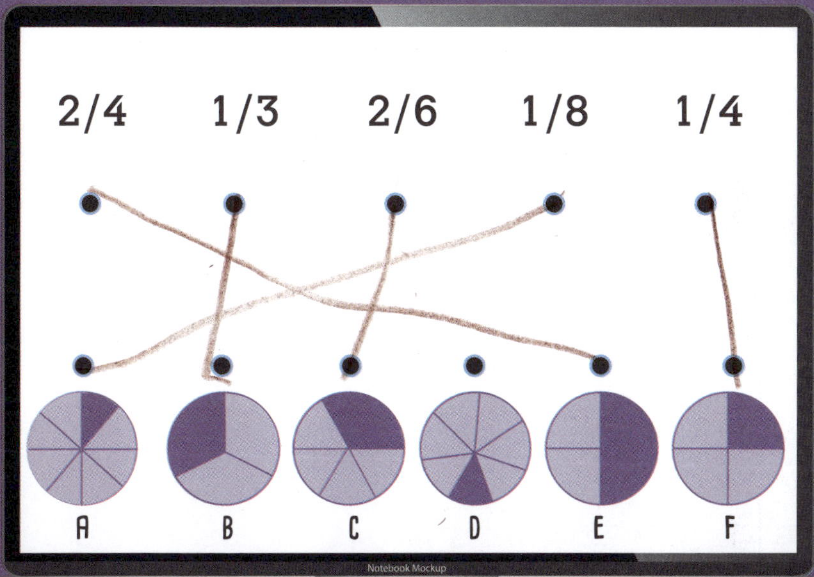


IL RESTE UN DISQUE, IL S'AGIT DE LA LETTRE D.

AIDE-TOI DE LA PAGE 51 POUR DÉCOUVRIR LE PRÉNOM DE L'ASTRONAUTE DONT L'INITIALE EST IDENTIQUE À LA LETTRE DU DISQUE RESTANT.

CE N'EST DONC PAS DORIAN SOLO QUI EST À L'ORIGINE DU MESSAGE.

ENQUÊTE 5

# 6 CHAOS SUR SPICE RIDER

Le fichier a été d'une aide si précieuse que tu continues à chercher dans l'ordinateur un indice quelconque. Ton œil s'arrête sur un dossier étrangement nommé.... « ETNECONNI.bocx ». À l'intérieur se cache un message tout aussi étrange.

! ETNECONNI ENU'D MON EL ERVUOCÉD TE EMYNONYS NOB EL EVUORT

*INDICE : COMMENCE PAR LE DERNIER MOT DU MESSAGE.*

- **Engin : M _ _ H _ _ _**
- **Total : R _ _ _ _ T _ _**
- **Soir : _ U _ _**
- **Arriver : V _ _ I _**
- **Eau : _ I _ _ I _ _**
- **Content : J _ _ E _ _**
- **Interrogation : Q _ _ _ _ _ _ _**
- **Décollage : _ _ P _ _ T**
- **Innovation : N _ _ V _ _ _ _ É**

LES LETTRES EN BLEU NE T'INDIQUENT-ELLES PAS UN NOM ?

REPORTE-TOI À LA PAGE 51.

CE N'EST DONC PAS ______ QUI EST À L'ORIGINE DU MESSAGE.

# AFFAIRE CLASSÉE !

ENQUÊTE N°5

Quel détective en herbe tu es ! Reprends tes indices, coche les astronautes que tu as écartés au fil de ton enquête et découvre qui est l'auteur(e) du message.

ÇA ALORS ! C'ÉTAIT DONC LUNA ROJA QUI A ENVOYÉ LE MESSAGE !

Bravo ! Grâce à toi, les Terriens peuvent continuer à recevoir des informations du monde entier et à échanger avec leurs amis et leur famille.

MINI-ENQUÊTE 5

# À LA CONQUÊTE DE L'ESPACE

## LE SAIS-TU ?

Petite chronologie de la conquête de l'espace

**1957** : L'URSS lance Spoutnik 1, le premier satellite mis en orbite autour de la Terre. À bord de Spoutnik 2, un mois après, l'URSS lance le premier être vivant dans l'espace : il s'agit d'une petite chienne, baptisée Laïka.

**1961 :** Youri Gagarine devient le premier homme à voyager dans l'espace.

**1969 :** La mission américaine Apollo 11 envoie les astronautes Neil Armstrong et Buzz Aldrin sur la Lune.

**1975 :** Création de l'Agence spatiale européenne.

**1979 :** 1er lancement de la fusée européenne Ariane.

**1982 :** Le Français Jean-Loup Chrétien est le premier non-Russe et non-Américain à effectuer une sortie dans l'espace hors de son vaisseau.

**1986 :** Lancement du 1er module de la station MIR.

**2000 :** Lancement du 1er équipage de la station ISS.

## DÉFI LANCEMENT DE FUSÉE

L'accès à la rampe de lancement de la fusée est protégé par une combinaison à 3 chiffres.

Les trois chiffres sont tous différents.

Le nombre est pair. Il est compris entre 300 et 400.

Le chiffre de la dizaine n'est ni 5 ni 7.

La somme de ses chiffres est égale à 16.

**Quelle est la combinaison d'accès à la rampe de lancement ?**

## STATION SPATIALE INTERNATIONALE (ISS)

La Station spatiale internationale, lancée en 1998, est le plus grand des objets artificiels placés en orbite terrestre. Elle est occupée en permanence depuis l'an 2000, d'abord par trois personnes, puis par six à compter de novembre 2009, et sept depuis 2021. Chacun des astronautes, au cours de son séjour d'une durée de 3 à 6 mois, partage son temps de travail entre les opérations d'assemblage et de maintenance et les tâches scientifiques (l'adaptation de l'être humain à l'absence de pesanteur, la science des matériaux et l'astronomie, etc.).

### VRAI OU FAUX ? COCHE LA BONNE RÉPONSE.

- « COSMONAUTE » DÉSIGNE EN RUSSIE QUELQU'UN QUI VOYAGE DANS L'ESPACE. VRAI ☐ FAUX ☐
- UN TÉLESCOPE EST UN APPAREIL PERMETTANT DE DIRIGER UN SATELLITE. VRAI ☐ FAUX ☐
- EN 1970, L'HOMME S'EST POSÉ SUR LA LUNE POUR LA PREMIÈRE FOIS. VRAI ☐ FAUX ☐
- LA FUSÉE D'APOLLO 12 A ÉTÉ FRAPPÉE DEUX FOIS PAR LA FOUDRE. VRAI ☐ FAUX ☐
- « HOUSTON, NOUS AVONS UN PROBLÈME » EST LA PREMIÈRE PHRASE DITE PAR UN ASTRONAUTE EN FOULANT LE SOL LUNAIRE. VRAI ☐ FAUX ☐

MINI-ENQUÊTE 5

# SOLUTIONS

## ACTIVITÉ 1 p. 8

- Mes côtés opposés sont parallèles et j'ai 4 angles droits. Je suis la salle n° 3.
- Je ressemble à une face de pyramide. Je suis la salle n° 6.
- Je ne suis ni un polygone ni un cercle. Je suis la salle n° 2.
- Mon diamètre fait le double de mon rayon et je communique avec la salle de stockage. Je suis la salle n° 1.
- Mes diagonales se coupent en leur milieu et sont perpendiculaires. Je suis la salle n° 5.

Les chercheurs ne se trouvent pas dans la salle n°4.

## ACTIVITÉ 2 p. 9

- A ~~Les chercheurs dorment dans la salle de vie.~~
- B ~~Dans la salle des machines, une porte coulisse pour laisser les vaisseaux entrer et sortir.~~
- C Pour marcher sur la Lune, les astronautes passent par le sas de sortie, habillés d'une combinaison qui les protègent de la chaleur et du froid.
- D ~~Toutes les provisions (eau, oxygène, aliments, matériaux) sont rangées dans la salle de stockage.~~
- E ~~Dans la salle d'observation, il y a un magnifique dôme et des écrans géants.~~
- F ~~Les microscopes du laboratoire servent à étudier la roche lunaire.~~

Les chercheurs ne se trouvent pas dans la salle n°2.

## ACTIVITÉ 3 P. 10

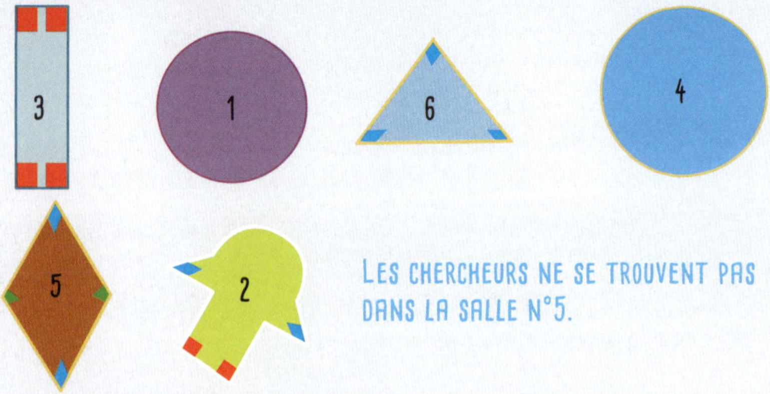


LES CHERCHEURS NE SE TROUVENT PAS DANS LA SALLE N°5.

## ACTIVITÉ 4 P. 11

1. $2 \times \pi \times R = 2 \times \pi \times 4 =$ 25,13 M
2. $1 + 2 + 1 + 1 + 1 + 1 + 2 + (2 \times \pi \times 1) : 2 = 9 + 3{,}14 =$ 12,14 M
3. $(L + l) \times 2 = (3 + 7) \times 2 =$ 20 M
4. $2 \times \pi \times R = 2 \times \pi \times 3 =$ 18,85 M
5. $c \times 4 = 3 \times 4 =$ 12 M
6. $c + c + c = 3 + 2 + 5 =$ 10 M

LES CHERCHEURS NE SE TROUVENT PAS DANS LA SALLE N° 1.

## ACTIVITÉ 5 P. 12

1. LABORATOIRE
2. MACHINE
3. OBSERVATOIRE
4. SAS
5. STOCKAGE
6. VIE

LES CHERCHEURS NE SE TROUVENT PAS DANS LA SALLE N° 3.

## AFFAIRE CLASSÉE P. 13

DÉPÊCHE-TOI D'ALLER RETROUVER MILA GALILÉO ET JULES ROCKET ! ILS SONT ENFERMÉS DANS LA SALLE DE STOCKAGE (N° 6).

# DIRECTION LA LUNE

## VRAI OU FAUX p. 14

✦ LA LUNE NE BRILLE PAS. — VRAI ☑ FAUX ☐

*LA LUNE REFLÈTE LA LUMIÈRE DU SOLEIL.*

✦ LA LUNE TOURNE AUTOUR DE LA TERRE. — VRAI ☑ FAUX ☐

*LA LUNE FAIT LE TOUR DE LA TERRE EN 27 JOURS ET 8 HEURES.*

✦ ON PEUT ATTERRIR SUR LA LUNE. — VRAI ☐ FAUX ☑

*ON ATTERRIT SUR LA TERRE ET ON ALUNIT SUR LA LUNE.*

✦ LA LUNE TOURNE SUR ELLE-MÊME. — VRAI ☑ FAUX ☐

*LA LUNE TOURNE SUR ELLE-MÊME EN MÊME TEMPS QU'ELLE TOURNE AUTOUR DE LA TERRE, CE QUI EXPLIQUE QUE NOUS VOYONS TOUJOURS LA MÊME FACE.*

## DE TOUS LES CÔTÉS ! P. 15

Nouvelle lune – Premier croissant – Premier quartier – Lune gibbeuse – Pleine lune – Lune gibbeuse – Dernier quartier – Dernier croissant

## PANIQUE CHEZ LES EXTRATERRESTRES

ENQUÊTE N° 2

### ACTIVITÉ 1 p. 18

ACISSS : CASSIS

IKKA : KAKI

SANNAA : ANANAS

NIGOC : COING

OTRINC : CITRON

DAMENA : AMANDE

L'EXTRATERRESTRE OTRINC N'A PAS INFECTÉ LES BLOBS.

# PANIQUE CHEZ LES EXTRATERRESTRES

## ACTIVITÉ 2 p. 19

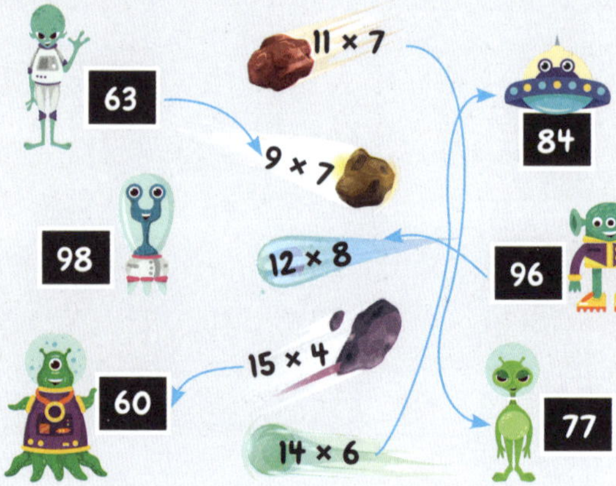


L'EXTRATERRESTRE SANNAA N'A PAS INFECTÉ LES BLOBS.

## ACTIVITÉ 3 p. 20

| | | | | | | | |
|---|---|---|---|---|---|---|---|
| E | S | P | I | O | N | N | E |
| J | E | T | T | E | R | A | S |
| E | S | O | R | T | A | G | U |
| C | D | A | E | A | M | E | M |
| T | A | M | U | I | E | A | E |
| E | M | E | N | T | A | I | S |
| Z | A | U | R | A | A | S | N |

L'EXTRATERRESTRE DAMENA N'A PAS INFECTÉ LES BLOBS.

**PRÉSENT**

ESPIONNER, 1RE PERS. DU SINGULIER : ESPIONNE
ÉJECTER, 2E PERS. DU PLURIEL : ÉJECTEZ
SORTIR, 3E PERS. DU SINGULIER : SORT

**IMPARFAIT**

NAGER, 1RE PERS. DU SINGULIER : NAGEAIS
MENTIR, 2E PERS. DU SINGULIER : MENTAIS
ÊTRE, 3E PERS. DU SINGULIER : ÉTAIT

**FUTUR**

JETER, 2E PERS. DU SINGULIER : JETTERAS
AVOIR, 3E PERS. DU SINGULIER : AURA

**PASSÉ SIMPLE**

SAUTER, 3E PERS. DU SINGULIER : SAUTA
SAVOIR, 1RE PERS. DU PLURIEL : SÛMES

## ACTIVITÉ 4 p. 21

1. VÉNUS : 108 000 000 KM
2. MARS : 227 000 000 KM
3. JUPITER : 778 000 000 KM
4. SATURNE : 1 425 000 000 KM
5. URANUS : 2 880 000 000 KM
6. NEPTUNE : 4 500 000 000 KM

L'EXTRATERRESTRE NIGOC N'A PAS INFECTÉ LES BLOBS.

## ACTIVITÉ 5 p. 22

| | | | | | |
|---|---|---|---|---|---|
| Ë | $ | Ã | ? | u | ʃ |
| Q | A | é | d | ʃ | b |
| ü | [ | ÿ | $ | Ã | é |
| e | ф | & | e | $ | N |
| $ | V | b | A | ʃ | ? |
| b | + | φ | [ | X | ÿ |
| Ã | b | ʃ | + | Ë | t |
| e | ÿ | Ã | W | y | b |

L'EXTRATERRESTRE IKKA N'A PAS INFECTÉ LES BLOBS.

## AFFAIRE CLASSÉE ! p. 23

ÇA ALORS ! C'ÉTAIT DONC ACISSS LE COUPABLE !

# À LA VITESSE DE LA LUMIÈRE !

## DÉFI VITESSE LUMIÈRE P. 24

400 ÷ 5

80 T

225 ÷ 3

75 T

1 248 ÷ 4

312 T

690 ÷ 6

115 T

## VOIR UN ÉCLAIR ET L'ENTENDRE, C'EST POSSIBLE ! P. 25

SI TU VOIS UN ÉCLAIR ET QUE 6 SECONDES PLUS TARD TU ENTENDS LE TONNERRE, À QUELLE DISTANCE TE TROUVES-TU DE L'ÉCLAIR ?

6 ÷ 3 = 2 KM

TU TE TROUVES À **2 KILOMÈTRES** DU POINT DE CHUTE DE L'ÉCLAIR.

# LA PLANÈTE MYSTÈRE

ENQUÊTE N°3

## ACTIVITÉ 1 p. 28

MAL – BIEN

JOUR – NUIT

GÉANT – MINUSCULE

CHAUD – FROID

BRILLER – PÂLIR

S'ÉCLIPSER – APPARAÎTRE

LE MOT QUI N'A PAS D'ANTONYME EST : TAIRE

LA PLANÈTE TERRE N'EST PAS LA PLANÈTE OÙ TU DOIS TE RENDRE.

## ACTIVITÉ 2 p. 29

MERCURE 0,76 – 0,37 = 0,39 > VÉNUS 0,42 + 0,3 = 0,72 > TERRE 0,5 × 2 = 1 > MARS 0,76 × 2 = 1,52 > JUPITER 2,6 × 2 = 5,2 > SATURNE 5,93 + 3,6 = 9,53 > URANUS 3,838 × 5 = 19,19 > NEPTUNE 15,36 + 15,24 = 30,06

LA PLANÈTE MARS N'EST PAS LA PLANÈTE OÙ TU DOIS TE RENDRE.

## ACTIVITÉ 3 p. 30

LA PLANÈTE MERCURE N'EST PAS LA PLANÈTE OÙ TU DOIS TE RENDRE.

# LA PLANÈTE MYSTÈRE

## ACTIVITÉ 4 p. 31

NEPTUNE, MARS, JUPITER, SATURNE, URANUS, VÉNUS

| | | | | | | | |
|---|---|---|---|---|---|---|---|
| 1 | 2 | 15 | 11 | 13 | 17 | 19 | 13 |
| 5 | 4 | 6 | 9 | 7 | 10 | 11 | 15 |
| 7 | 3 | 8 | 5 | 19 | 23 | 25 | 27 |
| 11 | 9 | 14 | 18 | 21 | 17 | 19 | 30 |
| 13 | 7 | 13 | 22 | 25 | 27 | 29 | 37 |
| 19 | 17 | 23 | 28 | 32 | 36 | 44 | 45 |
| 23 | 19 | 25 | 29 | 33 | 35 | 48 | 41 |
| 31 | 27 | 33 | 31 | 35 | 37 | 52 | 57 |
| 33 | 29 | 35 | 39 | 37 | 51 | 56 | 59 |
| 47 | 33 | 39 | 43 | 51 | 63 | 64 | 67 |

La planète Vénus n'est pas la planète où tu dois te rendre.

## ACTIVITÉ 5 p. 32

| | | | | | | |
|---|---|---|---|---|---|---|
| J | U | P | I | T | E | R |

La planète Jupiter n'est pas la planète où tu dois te rendre.

## ACTIVITÉ 6 p. 33

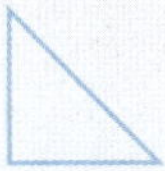

Il est donc isocèle mais aussi rectangle.
La planète Uranus n'est pas la planète où tu dois te rendre.

## ACTIVITÉ 7 p. 34

- Terre : 365 jours
- Mercure : le double de 44 soit 88 jours
- Vénus : le double de 112 soit 224 jours
- Mars : le double de 383 soit 766 jours
- Jupiter : le tiers de 36 soit 12 ans
- Uranus : le quadruple de 21 soit 84 ans
- Saturne : la moitié de 60 soit 30 ans
- Neptune : le triple de 55 soit 165 ans

La planète Neptune n'est pas la planète où tu dois te rendre.

## AFFAIRE CLASSÉE ! p. 35

Tes prélèvements et vérifications effectués sur la planète Saturne, tu peux enfin prendre la direction de la planète bleue.

# LE SYSTÈME SOLAIRE

## DU LUNDI AU SAMEDI p. 36

Mardi : Mars

Mercredi : Mercure

Jeudi : Jupiter

Vendredi : Vénus

Samedi : Saturne

## VRAI OU FAUX p. 37

★ IL EXISTE D'AUTRES GALAXIES QUE LA NÔTRE. VRAI ☑ FAUX ☐

*IL EN EXISTERAIT DES DIZAINES DE MILLIERS.*

★ LA PLUS GRANDE PLANÈTE DU SYSTÈME SOLAIRE EST JUPITER. VRAI ☑ FAUX ☐

*SON DIAMÈTRE FAIT 139 833 KM SOIT 11 FOIS CELUI DE LA TERRE.*

★ EN PARTANT DU SOLEIL, LA TERRE SE TROUVE À LA 5E POSITION. VRAI ☐ FAUX ☑

*NON, LA TERRE EST EN 3E POSITION. TU PEUX RETENIR LA PHRASE MNÉMOTECHNIQUE « MES VIEILLES TORTUES MARCHENT JUSTEMENT SUR UN NINJA » POUR TE RAPPELER DE L'ORDRE DES PLANÈTES.*

★ LE SOLEIL EST UN SATELLITE. VRAI ☐ FAUX ☑

*UN SATELLITE EST UN OBJET CÉLESTE QUI GRAVITE AUTOUR D'UN OBJET QUI EST PLUS GRAND QUE LUI. PAR EXEMPLE : LA TERRE EST UN SATELLITE DU SOLEIL, ET LA LUNE UN SATELLITE DE LA TERRE.*

★ PLUTON EST UNE PLANÈTE DE NOTRE SYSTÈME SOLAIRE. VRAI ☐ FAUX ☑

*DEPUIS 2006, PLUTON A PERDU SON STATUT DE PLANÈTE DE NOTRE SYSTÈME SOLAIRE. ELLE EST UNE PLANÈTE DITE NAINE.*

## LA CHASSE AUX ÉTOILES

ENQUÊTE N° 4

### ACTIVITÉ 1 p. 40

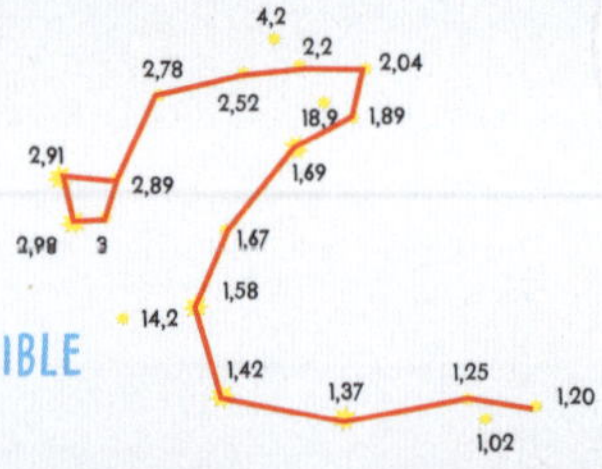


LA CONSTELLATION DU DRAGON SERAIT VISIBLE SANS LES NUAGES.

## ACTIVITÉ 2 p. 41

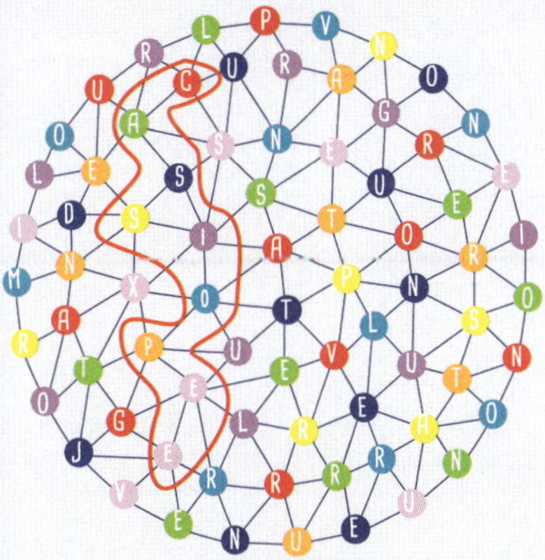

LA CONSTELLATION CASSIOPÉE SERAIT VISIBLE SANS LES NUAGES.

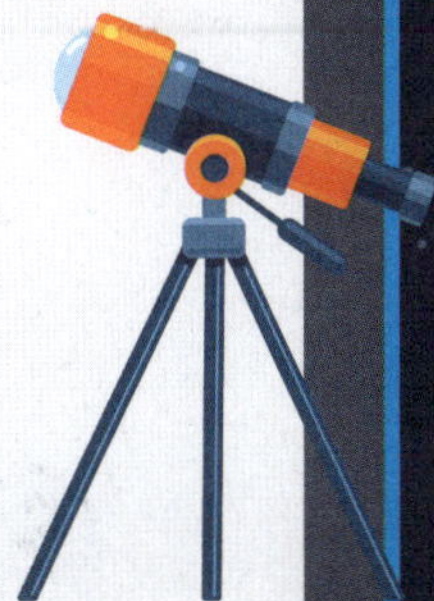

## ACTIVITÉ 3 p. 42

Je suis une grande et brillante constellation, parfois appelée la Croix du nord car mes étoiles sont placées selon une grande croix. Je représente un oiseau qui s'étend sur la Voie lactée estivale, paraissant en migration vers le sud.

LA CONSTELLATION DU CYGNE SERAIT VISIBLE SANS LES NUAGES.

## ACTIVITÉ 4 p. 43

CHAT CHATTE CERF BICHE

CHEVAL JUMENT RENARD RENARDE

LION LIONNE CHIEN CHIENNE

LE MOT RESTANT EST : OURSE.

LA CONSTELLATION DE LA GRANDE OURSE SERAIT VISIBLE SANS LES NUAGES.

## ACTIVITÉ 5 P. 44

| | | | |
|---|---|---|---|
| 16 | 3 | 2 | 13 |
| 5 | 10 | 11 | 8 |
| 9 | 6 | 7 | 12 |
| 4 | 15 | 14 | 1 |

| 1 | 3 | 5 | 7 | 9 | 11 | 13 | 15 | 17 |
|---|---|---|---|---|---|---|---|---|
| F | P | A | E | R | E | S | E | U |

LA CONSTELLATION PERSÉE SERAIT VISIBLE SANS LES NUAGES.

## ACTIVITÉ 6 P. 45

| | |
|---|---|
| HERCULE | Chasseur légendaire, réputé pour sa beauté et sa force. |
| PERSÉE | Femme du roi Céphée et mère d'Andromède. |
| PÉGASE | Héros qui décapita Méduse. |
| CASSIOPÉE | Zeus se métamorphosa en ce bel oiseau. |
| ANDROMÈDE | Héros le plus fort de tous les temps. |
| ORION | Cheval ailé. |
| CYGNE | |

LA CONSTELLATION ANDROMÈDE SERAIT VISIBLE SANS LES NUAGES.

## AFFAIRE CLASSÉE P. 46

LA CONSTELLATION QUE TU NE PEUX PAS REPÉRER DANS LE CIEL EST ORION.

# Cap sur les étoiles

## Vrai ou faux p. 49

Les étoiles sont des boules de feu. Vrai ☐ Faux ☑

*Les étoiles sont des boules de gaz.*

Le Soleil est 400 fois plus gros que la Lune. Vrai ☑ Faux ☐

*Vue de la Terre, la Lune paraît de la même taille que le Soleil, mais c'est parce qu'elle est bien plus proche de notre planète que le Soleil !*

Les étoiles sont toutes de la même couleur. Vrai ☐ Faux ☑

*Les étoiles n'ont pas toute la même couleur : bleues, rouges, blanches… Cela dépend principalement de leur température.*

On compte 88 constellations. Vrai ☑ Faux ☐

*Depuis 1930, l'Union astronomique internationale a divisé le ciel en 88 constellations.*

Toutes les constellations sont visibles partout dans le monde. Vrai ☐ Faux ☑

*Voir une constellation ou non dépend de l'emplacement de l'observateur mais aussi des périodes de l'année.*

En plein jour, aucune étoile n'est visible. Vrai ☐ Faux ☑

*Le Soleil est une étoile, donc techniquement, en plein jour, on voit toujours au moins une étoile !*

ENQUÊTE N° 5

## ACTIVITÉ 1 P. 52

$18 \times 10 = 180$

$470 \times 100 = 47\,000$

$225 \times 1000 = 225\,000$

$2,125 \times 10 = 21,25$

$5,108 \times 100 = 510,8$

$7,777 \times 1\,000 = 7\,777$

$24 \times 10 = 240$

$0,24 \times 1\,000 = 240$

$0,024 \times 1\,000 = 24$

$8\,500 \div 100 = 85$

$12\,000 \div 1000 = 12$

$146 \div 10 = 14,6$

$333,3 \div 100 = 3,333$

$622 \div 1000 = 0,622$

$98,98 \div 100 = 0,9898$

$54 \div 1\,000 = 0,054$

## ACTIVITÉ 2 P. 54

CHEVAL : 65 KG

LE POIDS MOYEN D'UN CHEVAL EST 500 KG ; PAR CONSÉQUENT, C'EST LA VALEUR DU CHEVAL QUI EST ÉTONNANTE.

CE N'EST DONC PAS BOB X-MEN QUI EST À L'ORIGINE DU MESSAGE.

## ACTIVITÉ 3 p. 55

| | A | B | C | D | E | F | G | H | I |
|---|---|---|---|---|---|---|---|---|---|
| 1 | ■ | | | | | ■ | ■ | ■ | |
| 2 | ■ | | | | | ■ | | | |
| 3 | ■ | | | | | ■ | | | |
| 4 | ■ | | | ■ | | ■ | | ■ | ■ |
| 5 | ■ | | | | | ■ | | ■ | |
| 6 | ■ | | | | | ■ | | ■ | |
| 7 | ■ | ■ | ■ | | | ■ | ■ | ■ | |

CE N'EST DONC PAS LUCAS G. QUI EST À L'ORIGINE DU MESSAGE.

## ACTIVITÉ 4 p. 56

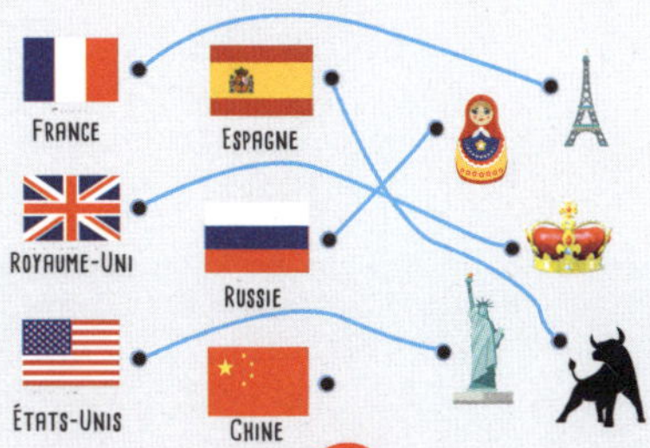


QUEL PAYS N'A PAS DE SYMBOLE ASSOCIÉ ? LA CHINE

CE N'EST DONC PAS LIANG XING QUI EST À L'ORIGINE DU MESSAGE.

## ACTIVITÉ 5 p. 57

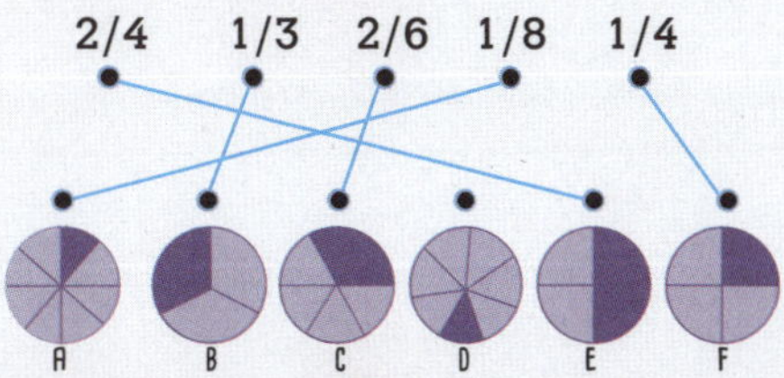


IL S'AGIT DE LA LETTRE D.

CE N'EST DONC PAS DORIAN SOLO QUI EST À L'ORIGINE DU MESSAGE.

## ACTIVITÉ 6 p. 58

TROUVE LE BON SYNONYME ET DÉCOUVRE LE NOM D'UNE INNOCENTE !

- **Engin : MACHINE**
- **Total : RÉSULTAT**
- **Soir : NUIT**
- **Arriver : VENIR**
- **Eau : LIQUIDE**
- **Content : JOYEUX**
- **Interrogation : QUESTION**
- **Décollage : DÉPART**
- **Innovation : NOUVEAUTÉ**

CE N'EST DONC PAS ALINE YODA QUI EST À L'ORIGINE DU MESSAGE.

## AFFAIRE CLASSÉE ! p. 59

C'ÉTAIT DONC LUNA ROJA QUI A ENVOYÉ LE MESSAGE.

# À la conquête de l'espace

## Défi lancement de fusée 60

La combinaison pour accéder à la rampe de lancement est : 394.

## Vrai ou faux p. 61

« Cosmonaute » désigne en Russie quelqu'un qui voyage dans l'espace. Vrai ☑ Faux ☐

*Il n'existe pas moins de 5 termes pour désigner les membres d'un équipage spatial. En effet, chaque nation à son propre mot : « spationaute » pour les Européens, « astronaute » pour les Américains, « cosmonaute » pour les Russes. Plus récemment, les termes « taïkonaute » (Chine) et « gaganaute » (Inde) ont vu le jour !*

Un télescope est un appareil permettant de diriger un satellite. Vrai ☐ Faux ☑

*Un télescope est un instrument d'observation astronomique.*

En 1970, l'Homme s'est posé sur la Lune pour la première fois. Vrai ☐ Faux ☑

*L'Homme s'est posé sur la Lune pour la première fois en 1969.*

La fusée d'Apollo 12 a été frappée deux fois par la foudre. Vrai ☑ Faux ☐

*Peu après son décollage du Centre spatial Kennedy, le lanceur Saturn 5 a été frappé deux fois par la foudre.*